AF565769

Andrea Schomburg

Otto und der kleine Herr Knorff auf Monsterjagd

Andrea Schomburg

auf Monsterjagd

cbj

Dieses Buch ist auch als E-Book erhältlich.

Verlagsgruppe Random House FSC® N001967

1. Auflage 2017

Neumarkter Str. 28, 81673 München

Vermittelt durch Barbara Küper Literarische Agentur
Cover- und Innenillustrationen: Stefanie Reich
Umschlaggestaltung: init | Kommunikationsdesign, Bad Oeynhausen
unter Verwendung einer Illustration von Stefanie Reich
AW • Herstellung: UK
Satz: dtp im Haus / UK
Reproduktion: Reproline mediateam, München
Druck: Alföldi Druckerei AG, Debrecen
ISBN 978-3-570-17376-3
Printed in Hungary

www.cbj-verlag.de

Inhalt

TSV
7

Otto vor, noch ein Tor!

„Niklas, gib ab! Otto steht frei!“
Stani Sturm, der Trainer des TSV Spring-ins-Feld, läuft nervös am Spielfeldrand auf und ab. 2:0 ist seine Mannschaft im Rückstand, und nur noch zehn Minuten zu spielen! Aber jetzt hat Otto den Ball. Otto mit der Rückennummer sieben. Er sprintet auf das Tor zu. Der Ball ist wie angeklebt an seinem Fuß. Die Turnhalle kocht.
„Otto, Otto!“
Doch dann: Otto stolpert und wälzt sich am Boden.
„Herr Schiedsrichter! Herr Schiedsrichter! Der mit der Acht hat Otto ein Bein gestellt! Das war ein – äh – klares Verfaul! Verfaul-Foul, wenn ich darauf hinweisen darf!“
Wenn du mit in der Turnhalle wärst, würdest du dich vielleicht fragen, woher diese Stimme kommt. Du

würdest dich umsehen, könntest aber nur eine blaue Sporttasche auf der Tribünenbank entdecken. Eine blaue Sporttasche, auf der in dicken Buchstaben „Otto“ steht. Du würdest mit den Achseln zucken und dich sofort wieder zum Spielfeld umdrehen. Denn dort hat Otto sich mittlerweile aufgerappelt. Wieder hat er den Ball.
Und – TOOR! TOOR! ! 2:1!

Ottos Mannschaftskameraden zerdrücken Otto fast vor Begeisterung. Die blaue Sporttasche gerät bedenklich ins Wanken und kippt beinah von der Bank. Etwas Gelbes fliegt immer wieder aus der offenen Tasche in die Luft. Wenn du hinsehen würdest – du würdest nicht hinsehen, weil das Spiel gerade so spannend ist, aber ich meine ja auch nur WENN – also wenn du hinsehen würdest, dann könntest du erkennen, dass es ein winziger gelber Hut mit einem roten Hutband ist.

In Ottos Sporttasche jubelt und tanzt jemand. Ein kleiner, elegant gekleideter Herr, der immer wieder seinen Hut in die Luft wirft.

Das Spiel geht weiter. Der kleine Herr drückt sich seinen Hut wieder auf den Kopf und kniet sich vor das Guckloch in der Sporttasche. „Otto, Vorsicht, wenn ich bitten darf!“, brüllt er. „Du stehst in der Abseite!“

Niemand hört ihn in der tobenden Halle und das ist auch gut so.

Der kleine Herr in der Sporttasche, das ist Herr Knorff. Knobelius Knorff aus dem Volk der Knorffe. Seit über 13

Wochen lebt er bei Otto Wohlgemut und seiner Familie und er lebt dort ganz geheim. Nur die Wohlgemuts wissen Bescheid und so soll es auch bleiben. Denn wenn das rauskommt, dass bei den Wohlgemuts ein kleiner Herr lebt, der nur ungefähr so groß ist wie eine Babypuppe, dann kannst du dir vorstellen, was passiert: Dann kommt das Fernsehen, dann kommen die Zeitungsreporter, und niemand hat mehr seine Ruhe. Otto nicht, seine Eltern nicht, seine kleine Schwester Lisa nicht und am allerwenigsten Herr Knorff. Das versteht sogar Lisa, obwohl sie erst vier ist. Sie erzählt fast nie von Herrn Knorff. Und wenn sie sich doch mal verplappert, dann denken alle, sie hätte sich das ausgedacht.

„Ottoooo! Du stehst in der Abseite, wenn ich nochmals darauf hinweisen darf!“

Aber der Krach in der Halle übertönt alles, und es passiert, was Herr Knorff befürchtet hat: Otto schießt zwar noch ein Tor, aber es wird nicht gewertet, weil er im Abseits war. Der TSV Spring-ins-Feld verliert 2:1.

„Oh, Otto! Ich hatte dich doch gewarnt!“

Und jetzt kippt die Sporttasche wirklich von der Bank.

Klabauterkrätze

Niedergeschlagen klettert Otto an diesem Abend in sein Hochbett. „Hätte ich bloß besser aufgepasst! Dann hätten wir vielleicht noch gewonnen!“, jammert er. „Ich bin so dumm!“

„Nein, bitte, wenn ich da widersprechen dürfte!“, ruft Herr Knorff. „Du bist keineswegs dumm! Du musst einfach noch ein bisschen besser auf die Regeln achten. Die Regeln sind halt die Regeln sind die Regeln. Sonst hast du doch fantastoknorffig gespielt!“ Herr Knorff sitzt in der Kiste für die Legosteine, die ihm Otto als Bett zurechtgemacht hat. Er boxt in die Luft vor Begeisterung. „Dieses erste Tor! Wie du die gegnerische Abwehr – äh – umdröppelt hast! Und dann den Ball präzise in die linke untere Ecke platziert! Perfekt geplant! Sauber ausgeführt!“

Otto lacht ein bisschen, zum ersten Mal an diesem Abend. Es hat lange gedauert, bis Herr Knorff verstanden hat, warum beim Fußball alle so unordentlich durcheinanderrennen. Aber jetzt kennt er die Fußballregeln fast besser als Stani Sturm.

„Du leuchtest ja richtig vor Freude!“, sagt Otto.

„Ich leuchte?“, fragt Herr Knorff. Seine Stimme klingt erschrocken.

„Ja, wirklich“, sagt Otto. „Da ist so eine Art grünes Leuchten um dein Bett. Wie machst du das?“

„Ein grünes Leuchten!“, ächzt Herr Knorff. „Ein grünes L-L-L-... Das ist ja entsetzlich!“ Herr Knorff springt aus seiner Legokiste. Jetzt, wo er nicht mehr die Decke über sich hat, ist das grüne Leuchten noch viel stärker.

„Du hast überall so kleine grüne Punkte“, sagt Otto. „Knorffig sieht das aus!“

Herr Knorff rauft sich die Haare.

„Oh großer Knorff“, stöhnt er. „Oh du dreimal ungewaschene Stinksocke! Dass ausgerechnet mir das passieren muss! Gerade jetzt, wo alles so schön war!“

„Aber was ist denn bloß?“, ruft Otto. So verzweifelt hat er Herrn Knorff noch nie gesehen.
Herr Knorff tupft sich die Augen mit seinem blütenweißen Taschentuch. „Ach, lieber Otto“, jammert er. „Ich weiß gar nicht, wie ich es dir sagen soll! Ich habe, ich habe …“ Herr Knorff flüstert nur noch. „Ich habe Klabauterkrätze!“
„Du hast was?“, fragt Otto.
„Klabauterkrätze!!!“, schreit Herr Knorff und rauft sich wieder die Haare. „Man bekommt überall leuchtende grüne Punkte und die werden immer größer. Bis man ganz grün ist. Meergrün. Und dann platzt man.“
„Man platzt?“, fragt Otto entsetzt.
Herr Knorff nickt. „In tausend Stücke-Stücke!“, stöhnt er. „Versprich mir, Otto, dass du mich nicht mit dem Raubsauger aufsaugst! Du sollst alle meine Stückchen ordentlich einsammeln und sie in ein Kästchen tun. Und das sollst du im Garten begraben. Genau in der Mitte-Mitte. Willst du das für mich tun, Otto?“
Otto hat solches Mitleid mit Herrn Knorff, dass er fast mitweint. „Aber da muss es doch irgendeine Medizin geben!“

Herr Knorff betrachtet düster die grünen Punkte auf seinen Händen. „Nichts“, seufzt er. „Nichts hilft gegen Klabauterkrätze. Außer …“
Otto beugt sich vor. „Ja?“
Herr Knorff verzieht das Gesicht. „Außer Knorffsoppe.“
„Knorffsoppe?“ Otto kramt in seinem Gedächtnis.
„Du weißt schon“, erklärt Herr Knorff, „diese eklige Suppe, die die Knorffe jeden Abend essen.“
„Aber dann ist es ja kein Problem!“, ruft Otto erleichtert. „Dann kochen wir einfach Knorffsoppe für dich. Warte, was hast du noch mal gesagt, kommt da rein?“
„Schlamm und Schneckenschleim und Popel und Pupsbeeren“, erwidert Herr Knorff düster. „Und es müssen echte Knorffpopel und echte Pupsbeeren sein. Und ordentlich viel Spucke von echten Knorffen. Sonst hilft es nichts.“
„Aber Knobelius!“, ruft Otto. „Dann müssen wir halt nach Knorffien! Wir sitzen doch nicht einfach hier rum und warten, bis du platzt!“
Herr Knorff schüttelt bekümmert den Kopf. „Ich kann nicht zurück. Nie mehr. Knorffe, die bei den Menschen waren, kriegen Knorffkloppe, dass es nur so staubt. Und

sie dürfen nie wieder Knorffsoppe essen. So sind die Regeln."

„Ach, die Regeln! Die können mich mal!", ruft Otto. Er runzelt die Stirn. Es muss doch einen Ausweg geben!

„Wie wäre es, wenn ... hmmm ... oder ... genau! Hör zu: Wir schleichen uns heimlich an! Ich lenke die Knorffe irgendwie ab, und du klaust dir so viel Knorffsoppe, wie du brauchst."

„Niemals!", ruft Herr Knorff entschieden. „Man darf nicht klauen! Außerdem ist das gegen die ..." Er stockt. Langsam breitet sich auf seinem Gesicht ein Lächeln aus. „In diesem besonderen Notfall könnte man allerdings gewisse Maßnahmen rechtfertigen."

„Was heißt das denn?", fragt Otto.

„Das heißt, die Regeln können uns mal!", ruft Herr Knorff verwegen. Seine Augen leuchten heller als all die grünen Punkte zusammen.

„Otto, du bist der beste und klügste Otto der Welt, wenn ich mir diese Bemerkung erlauben darf! Auf nach Knorffien!"

Einmal Knorffien und zurück

Otto wuschelt sich seine wilden Haare aus dem Gesicht. „Und wie kommt man nach Knorffien?“, fragt er.
„Man drückt auf einen Knopf“, erwidert Herr Knorff.
„Man macht was?“, fragt Otto. Hat er sich verhört?
„Man – drückt – auf – einen – Knopf-Knopf“, wiederholt Herr Knorff langsam und deutlich. „Dann öffnet sich die Dunkelschlucht, man springt rein und kommt in Knorffien wieder raus. Und wenn man wieder zurück will, springt man in Knorffien einfach wieder in die Dunkelschlucht. Du musst nur etwas aus deinem Zimmer mitnehmen, damit wir auch genau hier wieder rauskommen. Einen Legostein zum Beispiel. Es liegen ja genug hier rum.“
Herr Knorff zeigt missbilligend auf die Unordnung in Ottos Zimmer. Aber Otto hat jetzt keine Lust, darüber eine Diskussion anzufangen.

„Was ist denn das für ein Knopf, auf den man drücken muss?“, fragt er.
Herr Knorff steht im Nachthemd neben seinem Bett und erklärt. Mit seinen hellen grünen Punkten sieht er aus wie ein beleuchteter Weihnachtsengel.
„Irgendein Knopf halt“, sagt er ungeduldig. „Du hast doch einen Knopf an der Hose, oder? Also den drückst du dann. Und ich drücke zum Beispiel den Knopf an meiner Anzugjacke.“
„Versteh ich nicht“, sagt Otto. „Ich hab schon so oft auf Knöpfe gedrückt, beim Anziehen und so, da ist noch nie irgendwas aufgegangen. Außer dem Knopf, aber das ist ja eh klar.“
Herr Knorff kratzt sich den dicksten grünen Fleck an seiner Hand und rollt mit den Augen. „Natürlich sind vor dem Drücken gewisse Regeln zu beachten. Nämlich diese.“
Herr Knorff stellt sich gerade hin und zieht sein Nachthemd glatt. „Regeln für den Rückweg“, fängt er an. „Nur für Knorffe und ihre Begleiter.“

„Schleiche nächtens, wenn es dunkelt,
und der Wind im Finstern munkelt
still und heimlich aus dem Haus
in die schwarze Nacht hinaus.

12, 11, 10 … 6
Zähl zurück von zwölf bis sechse,
küsse mutig eine Hexe schmatz
und begrüße ein Gespenst,
auch, wenn du es gar nicht kennst.

Dort, wo sich die Wege kreuzen,
musst du dich dann kräftig schnäuzen,
nicke dreimal mit dem Kopf
und dann drückst du auf den Knopf.“

Otto ist ganz erschlagen. Wenn er nicht schon im Bett liegen würde, müsste er sich jetzt erst mal hinsetzen. „Was ist das denn für ein Quatsch!“, ruft er. „Küsse eine Hexe! Begrüße ein Gespenst! Knobelius, es gibt keine Hexen! Und Gespenster gibt’s auch keine!“
Herr Knorff wird blass unter seinen grünen Punkten. „Was?“, schreit er entsetzt. „Nicht? Aber das kann doch gar nicht sein! Es steht doch so in den Regeln! Bist du dir absolut und vollkommen sicher-sicher?“

Otto kickt wütend seine Bettdecke weg. „Natürlich bin ich mir sicher!“, ruft er. „Saublöde Kackregeln!“
Otto und Herr Knorff sehen sich ratlos an. „Wir versuchen es einfach ohne Hexe und Gespenst“, schlägt Otto schließlich vor. „So wichtig kann das doch nicht sein.“
Herr Knorff schüttelt bekümmert den Kopf. „Die Regeln sind die Regeln sind die Regeln. So steht es geschrieben.“

Wie ein grün gepunktetes Häufchen Elend sinkt Herr Knorff neben seinem kleinen Legobett zusammen. Er stützt den Kopf in die Hände und rauft sich die Knorffhaare.
„Ach, keine Rettung!“, murmelt er dumpf. „Otto, du kannst schon mal das Kästchen für die Knobelius-Stückchen raussuchen. Wenn ich einen letzten Wunsch äußern dürfte? Ich hätte gern, dass es rosa wäre. Vielleicht mit einer Rüsche drum herum. Oder gelb. Aber auf keinen Fall grün gepunktet!“
Und damit klettert er in sein Bett und zieht sich die Decke über den Kopf.
„So schnell geben wir nicht auf, Knobelius!“, ruft Otto. „Wir finden eine Lösung!“
Aber er fühlt sich überhaupt nicht so mutig, wie er tut. Denn was für eine Lösung sollte das wohl sein?

Süßes oder Saures?

Der nächste Tag rauscht an Otto vorbei wie hinter einer dicken Nebelwand. Schule, Mittagessen, Fußballtraining – wie soll man sich auf irgendetwas konzentrieren, wenn man einen Freund mit Klabauterkrätze hat, der bald in tausend Stücke zerplatzt?

Tief in Gedanken schlurft Otto vom Training nach Hause. Noch nicht einmal das schreckliche Kläffen der Hunde von Frau Brock bemerkt er heute.

In Ottos Zimmer aber steht Herr Knorff auf dem Fensterbrett und zappelt aufgeregt hin und her. „Otto!“, ruft er. „Ich habe eben ein Gespenst gesehen! Dort, auf dem Weg zwischen den Häusern ist es entlanggehuscht! Ich schwöre bei meinem gelben Hut …!“

„Das war Niklas“, sagt Otto.

Herr Knorff fällt fast vom Fensterbrett vor Überraschung. Otto kann ihn gerade noch auffangen.

„Du kennst das Gespenst persönlich?“, fragt Herr Knorff. „Mit Namen-Namen? Aber du hast doch gesagt, es gibt keine …“

„Heute ist Halloween“, sagt Otto. „Hätte ich fast vergessen.“

Herr Knorff runzelt die grün gepunktete Stirn. „Was für ein Hallo hast du gegessen?“

„Halloween“, erklärt Otto. „Da verkleidet man sich und geht mit seinen Freunden von Tür zu Tür und sagt ‚Süßes oder Saures‘, und dann kriegt man Süßigkeiten. Niklas holt mich gleich ab, obwohl ich heute überhaupt keine Lust habe.“

„Man verkleidet sich?“, fragt Herr Knorff verblüfft. „Als was verkleidet man sich denn?“

Otto zieht die Fußballsachen aus und wühlt seinen schwarzen Vampir-Umhang aus dem Schrank.

„Auf jeden Fall als was Gruseliges“, sagt er. „Als Vampir zum Beispiel. Oder als Teufel oder als Monster oder als Hexe oder …“

„… oder als Gespenst“, ergänzt Herr Knorff.

„Oder als Gespenst“, wiederholt Otto langsam. Er merkt, wie ihm ein Gedanke kommt. Ein Super-Gedanke.

In einem Comic würde jetzt eine Glühbirne über seinem Kopf erscheinen. Eine Smiley-Glühbirne mit ziemlich vielen Ausrufezeichen.
„Mensch, Knobelius", flüstert er atemlos. „Heute Nacht sind Hexen und Gespenster unterwegs! Das ist unsere Chance!"
„Du meinst ...?" Herr Knorff krallt seine grün gepunkteten Hand in Ottos Arm. „Aber es sind keine echten Hexen und Gespenster, wenn ich darauf hinweisen darf. Es sind nur die – äh – Hallo-Dings-Kinder. In den Regeln-Regeln ..."
„Die Regeln, die können mich mal!", ruft Otto. „Da steht ja wohl nirgendwo, dass es echte Hexen und Gespenster sein müssen, oder?"
„Äh – nein, nicht so direkt", stimmt Herr Knorff zu.
„Na also!", sagt Otto. „Wir müssen es auf jeden Fall versuchen! Ein Problem gibt es allerdings noch." Otto nagt an seiner Unterlippe. „Wie krieg ich das hin, ohne dass meine Eltern etwas merken? Dass ich mit dir nach Knorffien gehe, meine ich?"
„Das, lieber Otto", strahlt Herr Knorff erleichtert, „ist glücklicherweise überhaupt kein Problem. In Knorffien

vergeht die Zeit anders. Ein Tag in Knorffien ist wie eine Stunde hier und wir bleiben ja nur ein paar Knorffstunden. Das heißt, du bist höchstens eine halbe Stunde weg."

Otto schiebt sich die Vampirzähne in den Mund und bindet sich seinen Umhang um. „Na dann ..."

Halloween

Als sie sich auf den Weg machen, hört Otto seine Eltern im Wohnzimmer sprechen und lachen, und plötzlich hat er sie so lieb, dass er noch kurz hineinrennen muss und ihnen einen Kuss gibt. Seine Mutter drückt ihn an sich. „Viel Spaß, lieber wilder Vampir", lächelt sie. „Bis nachher!"
„Bis nachher", murmelt Otto. Er fühlt sich gar nicht wild. Was, wenn alles ganz furchtbar schiefgeht und er nie wieder zurückkann? Am liebsten würde Otto bei seinen Eltern im Wohnzimmer bleiben. Aber im Flur steht Herr Knorff und hat Klabauterkrätze. Otto macht die Wohnzimmertür hinter sich zu und hilft Herrn Knorff in den Rucksack. Und da klingelt es auch schon. Vor der Haustür steht ein Gespenst. Unter seinem weißen Bettlaken schauen die abgelatschten Turnschuhe von Ottos Freund Niklas hervor.

„Sei gegrüßt, oh grausiges Gespenst!“, sagt Otto laut und deutlich.
„Warum redest du so komisch?“, fragt Niklas unter seinem Bettlaken.
„Ach, nur so!“, sagt Otto leichthin. „Ich hab mir vorgenommen, dass ich heute mal nur verrückte Sachen mache. Pass auf, jetzt zum Beispiel!“
Ein Trupp Halloween-Hexen ist gerade um die Ecke gebogen.
„Küsse mutig eine Hexe“, flüstert Otto vor sich hin. Ja, leider, genauso steht es in den Regeln. Mutig, von wegen!, denkt Otto. Fünf kleine Hexen und eine von ihnen muss er gleich küssen. Wie peinlich ist das denn! Bloß, wenn er es nicht tut, dann … Otto denkt an das rosa Kästchen mit den Knobelius-Stückchen und schluckt.
Jetzt oder nie! Die Hexen sind schon fast vorbei.
Otto zählt blitzschnell von zwölf zurück bis sechs, genau nach den Regeln. Dann rennt er zu der Hexengruppe und drückt der einen Hexe hastig einen Schmatz auf die Wange. Die Mädchen kreischen und kichern. Oh du mistiger Moddermatsch, denkt Otto, bestimmt haut sie

mir jetzt eine runter! Aber die Hexe haut ihm gar keine runter. Hilfe! Was macht sie denn?!

Schmatz!!!

Sie hat ihn tatsächlich zurückgeküsst.

Igitt!, denkt Otto. Was ist das denn! Bloß weg hier! Aber bevor er davonrennen kann, spürt er einen zerknitterten Zettel in seiner Hand.

„Hier, Otto“, flüstert die Hexe, „das wollte ich dir schon den ganzen Tag geben.“ Dann ist sie auch schon mit ihren Freundinnen um die Straßenecke verschwunden.

Otto steht mit offenem Mund da, als hätte ihn ein Halloween-Zauber in ein Standbild verwandelt. Das war doch … Rosi Blumig, denkt er. Ach, du mistiger Moddermatsch! Ausgerechnet Rosi Blumig! Rosi, die immer schon zehn Minuten vor acht kerzengrade in der Klasse sitzt. Die ihre Schulbücher Ecke auf Ecke und Kante auf Kante auf ihrem Tisch liegen hat. Die nie im Unterricht lacht und schwatzt. Und sich immer schon meldet, bevor die Lehrerin die Frage zu Ende gefragt hat. Rosi Blumig!

Aber aus Ottos Rucksack flüstert es: „Tausend Dank, lieber Otto! Schon zwei Regeln erfüllt!"

„Heute hast du echt einen Knall!", muffelt Niklas. „Du küsst jetzt aber nicht alle, die wir treffen, oder? Los, komm endlich!"

„Süßes oder Saures?"

„Süßes oder Saures?"

„Süßes oder Saures?"

Herr Knorff muss im Rucksack immer mehr zur Seite rücken, damit er neben all den Halloween-Leckerbissen noch Platz hat. Frau Abendroth hat sogar Mumienfinger aus Würstchen und Blätterteig gebacken, und bei Frau

Dingelfing prasseln Herrn Knorff winzige Biosalamis auf den Kopf, denn Zucker, grinst Frau Dingelfing, ist schlecht für Vampirzähne.

Schließlich verabschieden sich Otto und Niklas.

„Tschüss, Otto!“, sagt Niklas. „Hoffentlich bist du morgen wieder normal!“

Otto grinst ein schiefes Grinsen. Morgen, denkt er, wer weiß, wo ich da bin … Seine Hände zittern ein bisschen, als er sich umständlich die Vampirzähne aus dem Mund fummelt. Er hilft Herrn Knorff aus dem Rucksack. Dann gehen sie los.

Die Dunkelschlucht

Ziemlich düster ist es an diesem Halloween-Abend in der kleinen Stadt. Nur der Mond wirft ein schwaches kaltes Licht und aus den Gärten leuchten unheimlich die Kürbisgesichter. Niemand ist mehr auf den Straßen. Otto hört nichts als das eilige Trippeln von Herrn Knorff und das Geräusch seiner eigenen Schritte. Und den Wind, der in den Bäumen der Akazienallee munkelt, ganz so, wie es in dem Knorff-Gedicht steht. Automatisch macht Otto einen Bogen um das Haus der Grambowskis, wo sich der große schwarze Hund immer so wütend gegen das Gartentor schmeißt, dass Otto Angst hat, es könnte nachgeben. In seiner Hosentasche pikst ihn der Legostein, den er mitgenommen hat, um wieder nach Hause zurückzukönnen. Ob seine Eltern sich schon Gedanken machen, wo er bleibt? Am liebsten würde er jetzt mit ihnen gemütlich im Wohnzimmer

sitzen und ihnen seine Halloween-Schätze zeigen. Aber vorher … Otto seufzt.
Wenigstens weiß er auch jetzt bei Nacht den Weg zu der Stelle in dem kleinen Waldstück, wo sich unter der alten Kastanie zwei Wege kreuzen. Im Wäldchen hat er mit seinen Freunden schon oft gespielt, aber so aufregend und gefährlich wie heute Nacht war kein Spiel!

**„Dort, wo sich die Wege kreuzen,
musst du dich dann kräftig schnäuzen …“,**

zitiert Herr Knorff, und Otto reicht ihm ein Taschentuch.
Sie kontrollieren noch mal, ob sie auch genau mitten auf der Kreuzung stehen, schnäuzen sich, so kräftig sie können, und dann nicken sie mit dem Kopf. Einmal, zweimal, dreimal, denn so steht es ja in den Regeln. Und schließlich drücken sie genau gleichzeitig auf einen Knopf: Herr Knorff auf den zweiten Knopf von unten

an seiner Anzugjacke, Otto auf den Knopf von seiner Hose.

Otto hält den Atem an. Sein Herz hämmert einen wilden Trommelwirbel gegen seine Rippen. Er spürt, wie Herr Knorff sich im Hosenbein seiner Jeans festkrallt.

Es geschieht – nichts.

Die abgefallenen Kastanienblätter rascheln leise unter ihren Füßen. Der Mond scheint auf die stille Kreuzung. Otto und Herr Knorff sehen sich ratlos an.

„Oh großer Knorff!", jammert Herr Knorff. „Wir haben doch alles so gemacht, wie es in den Regeln steht!"

„Du immer mit deinen Regeln!", ruft Otto. „Das stinkt mir allmählich! Ich mach mich total zum Affen, küsse diese blöde Rosi, und alles für nichts und wieder nichts!"

Otto tritt wütend eine Kastanie weg. „Autsch!", schreit er. Sein Fuß ist an etwas Hartes gestoßen, etwas Rundes. Aufgeregt scharrt Otto die Blätter zur Seite und – findet eine Falltür. Tatsächlich, mitten auf dem Weg sieht er plötzlich eine Falltür, mit einem Ring zum Hochziehen. Gegen den hat Otto getreten.

„Ich fass es nicht!", murmelt Otto.

„Oh großer Knorff!", wispert Herr Knorff. „Der Eingang

zur Dunkelschlucht! Schnell, Otto, zieh an dem Ring-Ring!“

Otto klappt den Ring hoch und zieht, so kräftig er kann.

Herr Knorff schiebt sich seinen gelben Hut in den Nacken und spuckt in die Hände.

„Wenn ich dir behilflich sein dürfte, lieber Otto …“

Gemeinsam zerren sie an dem Ring. Sie keuchen und schwitzen, und schließlich schlägt die Falltür knarrend und quietschend zurück. Sie schauen in einen schwarzen Abgrund.

„Ach, du mistiger Moddermatsch!“, stöhnt Otto. „Und da sollen wir jetzt runter?“

Herr Knorff fasst nach Ottos Hand.

„Schnell!“, flüstert er. „Wer weiß, wie lange die Dunkelschlucht offen bleibt! Spring! Dann kommen wir genau rechtzeitig zum Knorff-Fest! Los, spring!“

Und bevor Otto es sich noch mal überlegen kann, stürzen sie sich in die schwarze Tiefe.

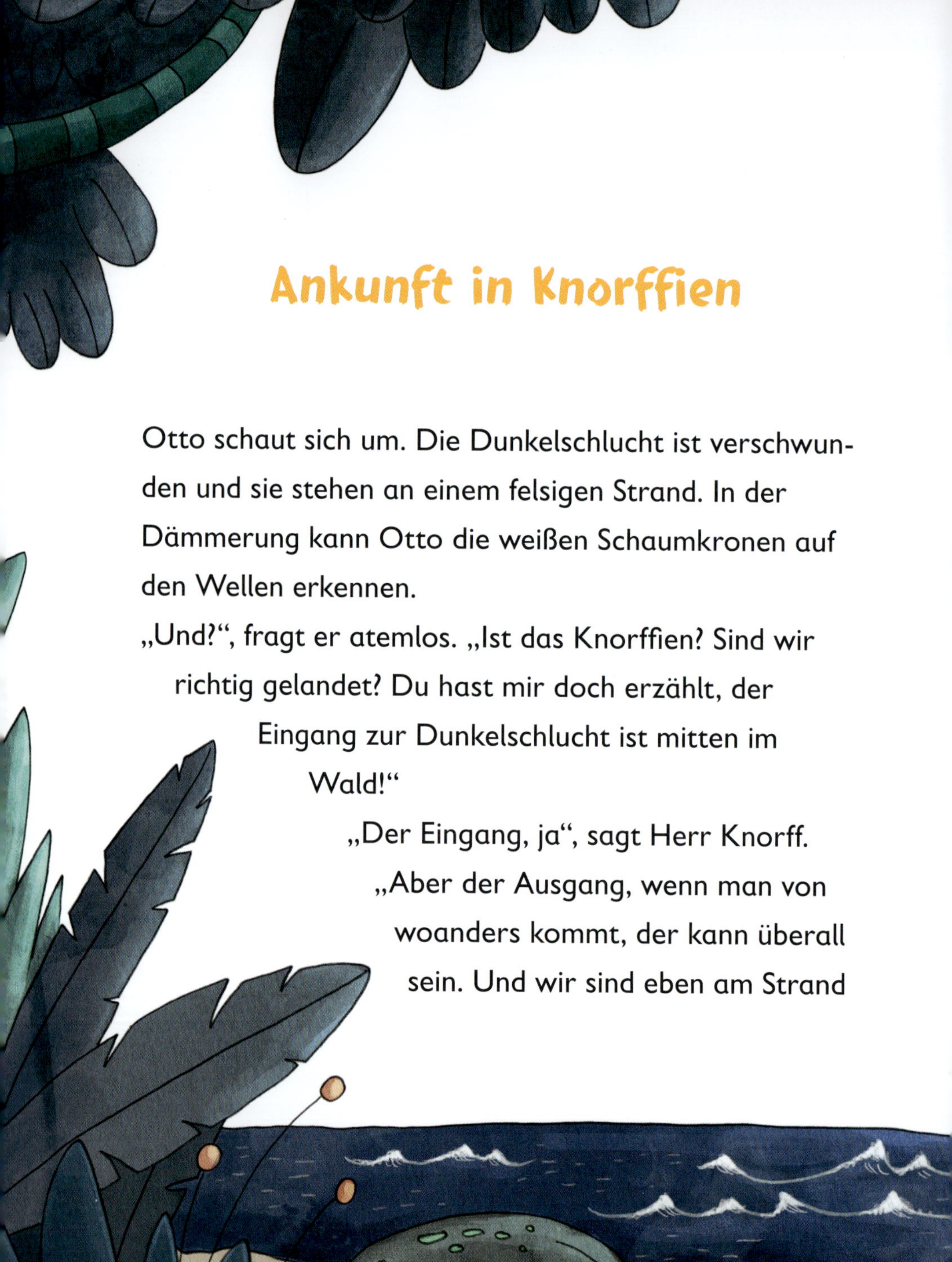

Ankunft in Knorffien

Otto schaut sich um. Die Dunkelschlucht ist verschwunden und sie stehen an einem felsigen Strand. In der Dämmerung kann Otto die weißen Schaumkronen auf den Wellen erkennen.

„Und?“, fragt er atemlos. „Ist das Knorffien? Sind wir richtig gelandet? Du hast mir doch erzählt, der Eingang zur Dunkelschlucht ist mitten im Wald!“

„Der Eingang, ja“, sagt Herr Knorff. „Aber der Ausgang, wenn man von woanders kommt, der kann überall sein. Und wir sind eben am Strand rausgekommen." Er nimmt den Hut ab und verbeugt sich tief. „Willkommen in Knorffien, lieber Otto!"

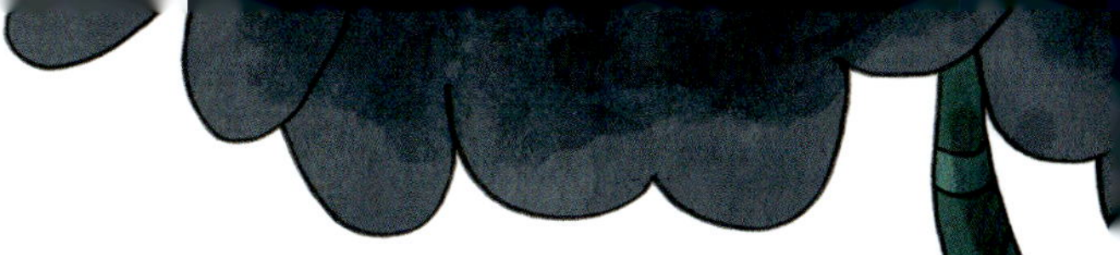

„Danke", brummelt Otto verlegen. In seinem Bauch grummelt es aufgeregt. Knorffien! Er ist der erste Mensch, der das sieht. Hinter ihm ist das Meer, vor ihm der Strand, und dann fängt ein Wald an. Otto schnuppert. Es riecht nach Meer und Tang und Wald, nach Rauch und verbranntem Holz. Und außerdem nach etwas Ekligem. Verfault riecht es, nach Stinkeschlamm und Nasenpopeln. Otto schnuppert noch einmal und verzieht das Gesicht. Herr Knorff grinst zu ihm hinauf.

„Knorffsoppe", sagt er und wischt sich feuchten Sand von seinem blankgeputzten Schuh. „Sie riecht etwas – äh – streng, aber ich war noch nie so froh, Knorffsoppe zu riechen, das kann ich dir sagen!"

Otto nickt. Denn Knorffsoppe ist für den grün gepunkteten Herrn Knorff jetzt Medizin.

Herr Knorff zieht Otto am Hosenbein. „Komm, hier durch den Wald geht's zum Festplatz. Man braucht nur dem Knorffgebrüll nachzugehen."

„Welchem Knorffgebrüll?", fragt Otto.

Es ist ganz still. So still, wie es in einer einsamen Nacht am Strand nur sein kann. Man hört nichts als das Rauschen der Brandung und von Zeit zu Zeit einen Möwenschrei.

Herr Knorff horcht in die Nacht. Er zieht seine Ohren unter dem gelben Hut hervor. Er steckt seine beiden kleinen Finger in die Ohren und rüttelt sie ein bisschen hin und her. Dann horcht er noch einmal.
„Merkwürdig", sagt er. „Man hört wirklich nichts. Vielleicht haben sie noch nicht angefangen mit der Klopperei."
Die Knorffe kloppen sich ja jeden Abend um die Knorffsoppe, dass es nur so kracht.

„Erst die Soppe,
dann die Kloppe",

singen sie schon auf dem Weg zum Festplatz. Denn ein Fest ohne Kloppe, das ist überhaupt kein Fest für einen richtigen Knorff. Nur Herr Knorff hat die Klopperei immer gehasst.
Auf Zehenspitzen schleichen Otto und Herr Knorff durch den Wald. Die Bäume sind alt und knorrig, und den Waldweg kann man vor lauter Gestrüpp kaum erkennen. Da glüht ein rötlicher Feuerschein durch die Bäume.

„Trampel nicht so mit deinen Riesenfüßen, wenn ich bitten darf!“, flüstert Herr Knorff nervös. „Wir sind in geheimer Mission hier, wenn ich darauf hinweisen darf!“
„Ich geh schon so leise, wie ich kann“, zischt Otto zurück. „Pass du lieber auf, dass du nicht so leuchtest!“
Herr Knorff zieht seinen Hut tiefer ins Gesicht und zerrt seine Ärmel herunter, soweit es geht.
Knacks! Herr Knorff ist auf einen dürren Ast getreten.
„Vorsicht!“, wispert Otto.
Sie sind jetzt hinter einem Gebüsch, so nah am Festplatz, dass sie durch die Zweige alles gut erkennen können.
„Boah!“, flüstert Otto.

Das Knorff-Fest

Der Festplatz ist voller Knorffe. Lauter wüste kleine Gestalten in dreckigen Latzhosen. Ihre Knorffhaare stehen wuschelig um ihre Köpfe. Das sind also die wilden Knorffe, die nichts mehr lieben als Klopperei und Krawall. Aber so besonders krawallig und wild sehen sie gar nicht aus, findet Otto. Ob das an der Beleuchtung liegt? Richtig hell ist es ja nicht auf dem Festplatz, nur von Zeit zu Zeit flammt das Feuer auf und wirft ein zuckendes Licht auf die Versammlung.

„Das da ist Knalli“, flüstert Herr Knorff und zeigt auf einen Knorff mit knubbeliger Nase und dicken Armmuskeln. „Der fängt immer als Erster an, sich zu kloppen. Der Kleine da, der mit den blauen Haaren, das ist Knispel. Und der Dicke da vorne, das ist Knoppel. Hat sich gleich vorgedrängelt.“ Herr Knorff schnauft missbilligend. „Typisch! Keine Manieren! Der isst jetzt

gleich mindestens fünf Teller Soppe. Hoffentlich bleibt noch was für mich übrig!"
„Ich lenk sie gleich ab", flüstert Otto. „Dann holst du dir die Soppe. Ich muss nur noch den besten Moment abpassen!"
„Welches ist denn der beste Moment?", wispert Herr Knorff.
„Das merk ich dann schon", flüstert Otto. Herr Knorff schüttelt den Kopf. „Keine Planung, keine Planung!", murmelt er. „Wenn das mal gut geht!"
Über dem Feuer blubbert in einem großen schwarzen Kessel eine schleimige bräunliche Flüssigkeit. Sie müffelt so sehr, dass Otto niesen muss und dann gleich noch einmal und noch einmal. Herr Knorff sieht ihn wütend an und legt den Finger auf den Mund. Zum Glück hat keiner der Knorffe etwas gehört. Sie stehen mit ihren Tellern um den Kessel herum, aus dem ein Knorff mit einer dreckigen Suppenkelle die Knorffsoppe ausgibt.
„Die schubsen sich heute ja gar nicht", murmelt Herr Knorff. „Das kommt bestimmt gleich. Was mich betrifft, ich guck mir das nicht an. Ich hab's ja schon oft genug gesehen."

Herr Knorff kreuzt die Arme über der Brust und wendet dem Festplatz den Rücken zu.
Einige Minuten vergehen. „Die kloppen sich heute aber leise“, sagt Herr Knorff.
„Die kloppen sich überhaupt nicht“, sagt Otto. „Und die Knorffsoppe schmeckt ihnen anscheinend auch nicht.“
„Was?“ Herr Knorff dreht sich mit einem Ruck um.
Mit hängenden Köpfen, schlaff und krumm wie Fragezeichen, stehen die Knorffe um den Soppenkessel und lassen die Knorffsoppe in ihre Soppenteller plätschern. Niemand schubst. Niemand streitet. Niemand drängelt den andern zur Seite. Trübsinnig schlürfen sie die Soppe, einige schütten ihre Portion auf den Boden, noch bevor sie zu Ende gegessen haben. Knalli wirft seinen Teller gleich hinterher.
„Verknorfft und zugenäht, das schmeckt wie eingeschlafene Menschenfüße!“, brüllt er.
„Ich hab ja gleich gesagt, dass wir keine Himbeeren reintun sollen“, muffelt der dicke Knoppel.
„Himbeeren?“, flüstert Herr Knorff. „Seit wann kommen Himbeeren in die Knorffsoppe?“
„Was sollen wir denn machen?“, brüllt Knalli und tritt

wütend gegen seinen Soppenteller. „Du weißt genau, dass wir keine Pupsbeeren mehr pflücken können, du Dummdödel!“
„Vielleicht finden wir noch woanders auf der Insel Pupsbeeren“, piepst der kleine Knispel. „Vielleicht …“
„Die wachsen doch nur neben der Dunkelschlucht, du Ballerkopp, das weiß ja wohl jeder!“, kreischt Knalli.
„Und willst du vielleicht da hingehen und die pflücken?“
„Ich?“ Knispel schüttelt wild den Kopf. Seine Knorffhaare stellen sich noch mehr auf.
Otto sieht Herrn Knorff verständnislos an. Herr Knorff schaut genauso verständnislos zurück. Er ist blass geworden unter seinen grünen Punkten.
„Otto, wenn das stimmt, dass die Knorffe keine Pupsbeeren mehr pflücken können, dann ist das eine Katastrophe!“, krächzt er. „Bei Klabauterkrätze hilft doch nur die echte Knorffsoppe mit den echten Pupsbeeren! Wir müssen unbedingt …“
Aber noch bevor er sagen kann, was sie unbedingt müssen, geschieht etwas Unheimliches.

Das Monster

Aus dem Wald ertönt ein Heulen. Ein dumpfes, bedrohliches Heulen. Erst leise, dann immer lauter und lauter, dann wieder leiser. Die Knorffe heulen auch auf. „Oh großer Knorff", wimmern sie, „da ist es wieder! Das ungeheuerliche Monster! Es wird uns alle fressen! Vielleicht war das unsere letzte Knorffsoppe!"

„Die schmeckt ja sowieso nicht mit diesen blubberblöden Himbeeren", brummelt Knoppel.

„Als ob's da jetzt drauf ankäme, du Knollmops!", schreit ein langer dünner Knorff. „Wir müssen hier weg, darauf kommt's an! Los, wir stürzen uns alle in die Dunkelschlucht! Dann kann uns das Monster nicht mehr kriegen!"

„Du hattest schon immer nur Schlabberschlamm im Kopf, Knallfred!", brüllt Knalli. „Genau neben der

Dunkelschlucht sitzt doch das Monster, du Kamuffel! Und was macht das wohl, wenn wir da alle anspaziert kommen?“

„Dann frisst es uns“, weint der kleine Knispel. „Mit Stumpf und Stiel und Hosenknopf!“

Knalli hält ihm seine Faust unter die Nase. „Ist doch pupsegal, mit was!“, donnert er, und wieder fangen die Knorffe an zu jammern.

„Es gibt keine Rettung!“, heulen sie, und diesmal würde

Otto am liebsten mitheulen. Denn wie soll Herr Knorff ohne die echte Knorffsoppe mit den echten Pupsbeeren wieder gesund werden? Und wenn das Monster genau neben der Dunkelschlucht hockt – wie sollen Herr Knorff und er dann jemals wieder nach Hause kommen? Die Dunkelschlucht, das ist doch der einzige Weg ins Menschenland!

„Du musst rausgehen, Knobelius, und mit den Knorffen sprechen!", flüstert Otto. „Wir müssen alles über dieses Monster neben der Dunkelschlucht rauskriegen! Für dich geht's schließlich um Leben oder – äh – Platzen!"

Herr Knorff nickt. „Und es geht darum, dass wir wieder nach Hause können. Und es geht um Knorffien und die Knorffe. Es geht, so könnte man es ausdrücken, um alles."

Der Kriegsrat

„Ein G-G-G-Geist!“, kreischt Knoppel. „Da drüben am Waldrand! Der Geist von K-K-Knobelius Knorff! Auch das noch! In letzter Zeit passieren aber auch nur blubberblöde Ka-Ka-Katastrophen!“

„Der sieht aber ganz echt aus, der Knobelius“, piepst Knispel. „Nur die grünen Punkte, die hatte er früher nicht.“

„Grüne Punkte?“ Die Knorffe sehen Knobelius mit zusammengekniffenen Augen an. „Grüne Punkte? Dann hat er Klabauterkrätze. Und dann ist er kein Geist.“

„Komm her, du Hut-Hutzel!“, dröhnt Knalli. „Wo warst du so lange?“

„Ich war – äh – unterwegs“, erwidert Herr Knorff.

„Einen wunderschönen guten Tag-Tag!“ Herr Knorff verbeugt sich. Otto versteht, dass er den Knorffen lieber noch nicht sagen will, dass er bei den Menschen war.

„Das ist überhaupt kein wunderschöner Tag heute, du Blubberblase!“, brüllt Knalli. „Das ist ein Scheißtag!“
Herr Knorff räuspert sich und hebt seinen Zeigefinger. „Scheiße sagt man nicht, wenn ich darauf hinweisen darf.“
Knallfred rollt mit den Augen. „Jetzt fängt DAS wieder an! Was ist das denn wohl sonst für ein Tag, wenn wir bald alle gefressen werden von dem Monster bei der Dunkelschlucht?“
„Nur du vielleicht nicht, Knobelius“, brummt Knoppel. „Weil du nämlich vorher platzt. Knorffsoppe ohne Pupsbeeren …“
„… hilft nicht gegen Klabauterkrätze. Das ist mir bereits bekannt“, sagt Herr Knorff gereizt. „Dennoch verbindlichsten Dank für den Hinweis. Was aber nun das Monster betrifft – hat das schon mal jemand gesehen?“
„Nein, bist du verrückt?“, schreit Knalli. „Wenn man nur einen Fuß in die Nähe setzt, nur eine Fußspitze, dann frisst es einen doch sofort!“
„Das muss nämlich furchtbaren Hunger haben“, sagt der kleine Knispel wichtig. „Das heult ja schon zwei Tage neben der Dunkelschlucht!“

Herr Knorff rückt seinen Hut zurecht. „Ich gebe jedoch zu bedenken“, sagt er, „man muss seinen Feind kennen. Nur dann kann man ihn besiegen.“
Die Knorffe sehen sich verblüfft an. „Da hat er Recht, der grüner Pickelpups. Ausnahmsweise mal.“
„Und deshalb“, fährt Herr Knorff fort, „müssen wir zur Dunkelschlucht. Monster besichtigen, Monster besiegen. Aber genau nach Plan. Wir brauchen einen Plan. Einen präzisen Problemplan.“
„Ein Plan!“, rufen die Knorffe. „Genau! Da hast du schon wieder Recht, du Nieselpriem! Ein Plan! Ein Plan!“
Und mit ihren rauen Knorffstimmen beginnen sie zu singen:

„Ein Plan, ein prima Plan,
das ist das Knorffste, was es gibt auf der Welt!
Ein Plan, ein prima Plan,
der diesem miesen Monster nicht gefällt.
Darum seid nicht betrübt,
weil's ja prima Pläne gibt.
Ein Plan, ein prima Plan,
das ist das Knorffste, was es gibt!“

„Aber was ist denn nun der Plan?“, fragt Knispel und schaut eifrig in die Runde.

„Öööhhh“, murmeln die Knorffe, „äääh hh, mhhh, na ja, also man könnte … hm …“

„Wir müssten“, überlegt Knallfred, „wir müssten jemanden haben, der so groß ist wie das Monster.“

„Du weißt doch gar nicht, wie groß das Monster ist, du Knollknorff!“, schreit ein Knorff aus der Menge und ballt wütend die Fäuste.

„Aber es ist bestimmt riesig! Sonst könnte es ja gar nicht so laut brüllen! Rotz-rumpumpelig-riesengroß. Ungefähr so!“ Knispel breitet seine Arme aus, so weit er kann. „So groß wie zehn Knorffe übereinander gestellt! Oder vielleicht zwanzig!“

„Aber wir sind mehr!“, ruft Knallfred. „Wir umzingeln es, und einer von uns klettert drauf und erwürgt es!“

„Willst du das machen?“, fragt der dicke Knoppel.

„Ich?“, kreischt Knallfred. „Hast du Popel im Hirn oder was?“

„Na eben“, sagt Knoppel. „Keiner von uns will es machen.“

„Wir brauchen einen starken Verbündeten“, sagt Herr

Knorff und hebt beide Zeigefinger. „Im Kampf braucht man immer einen starken Verbündeten."

„Wo sollen wir denn hier einen starken Verbündeten hernehmen?", schreit Knalli. „Auf der Insel sind nur wir, du Mensch!"

„Hier, lieber Knalli", sagt Herr Knorff, „befindest du dich in einem Irrtum."

Er winkt Otto. Otto schiebt das Gebüsch zur Seite und steht auf dem Festplatz.

Zusammen ist man stärker

„Arggh! Ein Riese! Bloß weg hier!“

Die Knorffe wuseln durcheinander. Sie fallen hin, sie rappeln sich wieder hoch, sie schubsen sich zur Seite.

„Weg da! Aus dem Weg!“

„Heb mich hoch! Schnell!“, flüstert Herr Knorff.

Otto tut es.

„Der Riese raubt Knobelius!“, schreit der kleine Knispel.

„Egal! Um den isses nicht schade!“, brüllt Knallfred und hechtet ins Gebüsch.

„Aber wir müssen ihm helfen!“, piepst Knispel. „Lass sofort Herrn Knorff los! Du Kamuffelkopp! Du Knallarsch! Du – du – du Mensch!“

Er rennt zu Otto, krallt sich in sein Hosenbein und tritt ihm mit seinen winzigen Füßen ans Schienbein. Otto spürt es nur wie einen Mückenstich.

Herr Knorff formt seine Hände zu einem Trichter. „Kommt zurück, wenn ich bitten darf!“, ruft er, so laut er kann. „Das ist mein Freund! Das ist unser Verbündeter! Er wird uns helfen! Kommt zurück!“

Langsam, einer nach dem anderen, krabbeln die Knorffe wieder aus den Büschen. Otto setzt sich hin, damit er nicht mehr ganz so groß ist, und stellt Herrn Knorff vorsichtig auf den Boden.

„Darf ich vorstellen“, sagt Herr Knorff stolz. „Das ist mein Freund Otto. Und das, lieber Otto, das sind die Knorffe.“

Und dann erzählt er den Knorffen von seinem Leben bei Otto. Er erzählt kurz und schnell, denn sie haben ja nicht viel Zeit für lange Geschichten. Aber die Knorffe verstehen, dass sie Otto vertrauen können. Und erst mal schimpft niemand darüber, dass Herr Knorff bei den Menschen war.

„Tut mir leid, dass ich ‚du Mensch‘ zu dir gesagt habe“, sagt Knispel und reicht Otto die Hand. „Ich konnte ja nicht wissen, dass du genauso knorffig bist wie wir.“
„Knorffig, genau“, nicken die Knorffe zufrieden. „Der sieht ja sogar ein bisschen aus wie ein Knorff, der Otto.“
„Labert hier nicht rum!“, schreit Knalli. „Besiegt der jetzt das Monster oder nicht?“
„Klar besiegt der das Monster!“, ruft Knispel. „Oder, Otto?“
Otto atmet tief aus. Alle denken, dass er ihnen helfen kann. Dabei hat er solche Angst, dass ihm ganz kalt im Bauch ist. Das laute Heulen, das jetzt wieder aus dem Wald kommt, klingt so schaurig, dass sich jedes Härchen auf Ottos Armen aufstellt.
„Äh“, stottert er, „Monster sind … sind sozusagen … ähh … mein Spezialgebiet …“
„Jäää!“, jubeln die Knorffe.
„Wir gehen alle zusammen“, sagt Herr Knorff. „Zusammen ist man stärker.“
„Wir brauchen Waffen!“, ruft Knallfred.
„Waffen schaffen, Waffen schaffen!“, murmeln die Knorffe, und dann wuseln sie in die Büsche.

Nach und nach kommen sie zurück. Sie haben sich Zweige und Äste geholt und schwingen sie drohend über ihre Köpfe.
„Ich hab mir eine Schleuder gebastelt!", schreit der kleine Knispel aufgeregt. „Damit kann ich auf das Ungeheuer schießen!"
„Und ich hau ihm – Kawuppdich! – mit meinem Stock eins über!"
„Und ich piks es mit meiner Lanze!", schreit Knallfred.
„Und ich spring drauf und würg es!", röhrt Knalli. „Jedenfalls –äähh – vielleicht!"

„Pack das Monster – zack – am Schopf
und dann hau es auf den Kopf!
Auf zur Monsterjagd! Marsch, Marsch!
Tritt das Monster in den Arsch!",

singen die Knorffe.
Herr Knorff räuspert sich. „Arsch sagt man nicht, wenn ich kurz darauf hinweisen darf."
„Du hast uns gar nichts zu sagen, du Knollknorff!", schreit Knalli. „Du denkst wohl, weil du so einen

bescheuerten Hut aufhast, bist du was Besseres! Bei einem Monster darf man ja wohl Arsch sagen!"

„Und sonst auch!", röhrt Knoppel. „Arsch, Arsch, Arsch, Arsch, Arsch!"

„Hört auf zu streiten!", brüllt Knallfred und schwingt seinen Stock. „Los jetzt! Alles hört auf mein Kommando!"

„Nein, auf meins!"

„Nein, auf meins, du Pupskopp!"

„Du gehst voraus!"

„Nein, du!"

„Nein, du!"

„Nein, Otto! Otto soll als Erster gehen!", schreien plötzlich alle Knorffe im Chor.

„Warum denn ich?", stottert Otto entsetzt.

„Weil du der Größte bist!", piepst Knispel.

Aber ich habe auch die größte Angst, denkt Otto. Doch das sagt er nicht. Was soll er auch machen? Sie müssen ja zur Dunkelschlucht.

„Komm, Otto", sagt Herr Knorff, „hier entlang, bitte."

Zitternd schleichen Otto und die Knorffe in Richtung Dunkelschlucht.

„Pack das Monster – zack – am Schopf
und dann hau es auf den Kopf!
Auf zur Monsterjagd! Marsch, Marsch!
Tritt das Monster in den Arsch!“,

flüstern die Knorffe im Takt.
„Leise!“, wispert Knobelius.
Wieder ertönt das schaurige Heulen. Es ist jetzt ganz nah. Otto schreit auf. Hinter sich hört er ein vielstimmiges Wimmern, und als er sich kurz umdreht, sind alle Knorffe verschwunden. Nur Knobelius steht noch neben ihm. Er ist sehr bleich. Der gelbe Hut wackelt auf seinem Kopf, so sehr zittert er. In der Hand hält er einen knorrigen Zweig.
„Hab keine Angst, Otto“, flüstert er mit zittriger Stimme. „Ich bin bei dir. Ich werde dich beschützen. Du bist mein Freund. Das Monster soll nur kommen!“
Am liebsten wäre Otto auch weggerannt, wie die Knorffe. Aber er denkt an die Pupsbeeren für Herrn Knorff – und an den Heimweg. Sie müssen weitergehen. Das Heulen wird lauter und lauter. Otto und Herr Knorff sehen sich an und legen fast gleichzeitig den

Finger auf den Mund. Geräuschlos schleichen sie auf dem weichen Waldboden vorwärts, Zentimeter für Zentimeter. Jetzt ist das Heulen so laut, dass in ihren Ohren kein Platz mehr für etwas anderes ist.

Vor ihnen macht der Pfad zur Dunkelschlucht eine Biegung.

Herr Knorff zieht vorsichtig an Ottos Hosenbein und

macht mit der anderen Hand eine kreisende Bewegung.
Otto versteht, dass sie sich am Wegrand anschleichen sollen.
„Gleich sind wir da!“, flüstert Herr Knorff. Otto kann es nur an seinen Lippen ablesen.
Und dann sehen sie durch die Büsche das Monster.

Huuu

Die Mutprobe

Das Monster ist haarig und zottelig und groß. Mit aufgerissenem Maul sitzt es im Mondlicht und heult. Man kann fast seine spitzen Zähne erkennen, denkt Otto. Und noch etwas kann man erkennen. Um den Hals trägt das Monster ein Halsband. Ein rotes Hundehalsband mit Metallschnalle. Das Monster ist überhaupt kein Monster. Es ist …

„Ein Hund!", ruft Herr Knorff erleichtert. „Otto, es ist nur ein Hund! Ein ganz normaler Hund! Bei Tieren geht die Dunkelschlucht ja manchmal von alleine auf. Stell dir vor, vor ein paar Jahren ist mal ein Nasenbär … Otto? Otto! Fühlst du dich nicht wohl?"

Otto schüttelt den Kopf. Ein Hund. EIN

HUND! Die ganze Zeit hat er so etwas befürchtet. Etwas Schlimmeres hätte gar nicht passieren können. „Ich – ich – ich m-m-mag k-k-keine H-Hunde“, stöhnt er. „Als ich noch ganz klein war, hat mich mal ein Hund umgeschmissen, und seitdem …“
Seitdem kann Otto einfach nichts machen: Wenn er einen Hund nur von weitem sieht, bekommt er keine Luft mehr. Seine Beine werden zu Wackelpudding, und er kann nur eine einzige Sache denken: Weg hier, bloß weg!
„Schnell, lass uns abhauen“, flüstert Otto.
„Otto“, sagt Herr Knorff eindringlich. „Otto, wir können nicht abhauen.“
Otto nickt. Er schluckt und schnappt nach Luft. „Ja“, presst er verzweifelt hervor. „Das weiß ich ja.“
Herr Knorff fasst nach Ottos Hand. Herr Knorffs Hand ist klein und fest und warm. „Lieber Otto“, sagt Herr Knorff. „Der Hund hat sich in den Pupsbeerenbüschen verfangen. Er heult, weil er Angst hat und Hunger. Wir müssen ihm als Erstes etwas zu fressen geben.“
Etwas von Herrn Knorffs ruhiger Stimme dringt durch den roten Nebel aus Angst in Ottos Kopf.
„Aber wir haben doch nichts!“, ruft Otto.

Herr Knorff grinst. „Du hast den ganzen Rucksack voller Hallo-Dings-Süßigkeiten und Mumien-Würstchen. Ich hatte ja kaum noch Platz."
„Das – ja – das könnte … das könnte klappen", stottert Otto. „Ist ja eigentlich kein Hundefutter, aber mit den Würstchen sollte es gehen …"
Mit zitternden Händen nimmt Otto den Rucksack ab und schüttet den Inhalt auf den Waldboden.
„Geh ein bisschen näher ran!", sagt Herr Knorff. „Nur ein bisschen. Gib ihm etwas."
Atemlos sucht Otto nach den Würstchen und macht mit seinen Wackelpuddingbeinen einen kleinen Schritt auf den Hund zu. Er wirft ihm ein Würstchen hin. Schnapp! Wieder ein Schritt. Noch ein Würstchen. Schlabber! Noch ein Schritt. Ein Mumienfinger. Happs! Schlürf! Schritt für Schritt verschwinden Würstchen und Mumienfinger im Rachen des Hundes. Der Hund heult nicht mehr. Er sieht Otto an.
Die runden Hundeaugen sind dunkel und sanft. Otto steht jetzt dicht vor dem Hund.
„Und jetzt?", fragt Otto und wischt sich den Schweiß von der Stirn.

Herr Knorff grinst wieder. „Nun folgt Teil zwei des Plans. Wir müssen den Hund losmachen. Du musst ihn losmachen. Ich bin zu klein."

„Aber dann – dann muss ich ihn ja anfassen!", jammert Otto.

Herr Knorff nickt. „Das sieht ganz so aus", lacht er. „Aber der Hund weiß ja jetzt, dass du ihm nichts Böses willst."

Langsam, ganz langsam macht Otto den letzten Schritt auf den Hund zu. „Alles wird gut“, sagt er so beruhigend, wie er nur kann. Er weiß nicht genau, ob er es zu dem Hund oder zu sich selber sagt. „Es passiert nichts Schlimmes. Gleich mach ich dich los.“

Vorsichtig, ganz vorsichtig streichelt Otto mit der Fingerspitze den Hund. Das Fell ist warm und wuschelig. Der Hund fängt an zu wedeln und lächelt Otto an. Oder zumindest sieht er so aus, als würde er lächeln, findet Otto. Otto klappt die Schere von seinem Taschenmesser aus und schneidet behutsam das lange Hundefell aus den Dornen. „Komm“, sagt er. „Komm, du brauchst hier nicht mehr zu bleiben.“ Er zieht den Gürtel aus seiner Jeans und befestigt ihn am Halsband des Hundes.

„Komm, kleiner Hund“, sagt er.

Hinter sich hört Otto das Trappeln der Knorfffüße. „Das Monster! Otto hat das Monster gefangen! Auf es mit Gebrüll!“

Die Knorffe stürzen aus den Büschen. Sie schwingen ihre Zweige. Sie heben Steine auf und werfen sie. Zum Glück können sie überhaupt nicht zielen. Der Hund drängt sich ängstlich an Otto.

„Lasst ihn in Ruhe!“, schreit Otto. „Hört auf!“ Es nützt nichts.

„Wenn ihr das Monster reizt, frisst es euch alle!“, brüllt Herr Knorff. „Mein Otto kennt sich aus mit Monstern! Macht lieber, was er sagt!“

Kleinlaut lassen die Knorffe ihre Steine fallen und werfen ihre Zweige zu Boden.

Und dann fangen sie an, erst einer, dann zwei, dann alle zusammen, das Knorfflied zu singen.

Das große Fest

Die Knorffe stopfen sich die Taschen mit Pupsbeeren voll. Sie ziehen zum Festplatz und schmettern dabei aus voller Kehle das Knorfflied. Sie brauen eine Riesenportion Knorffsoppe. Sie schlürfen und schmatzen. Sie schubsen sich weg, sie puffen und knuffen sich, weil jeder zuerst was will.

Niemand achtet auf Herrn Knorff, der grün gepunktet und höflich mit Otto und dem Hund am Rand des Festplatzes steht. Otto macht schon den Mund auf, um etwas zu sagen, da ruft der kleine Knispel: „Aber was ist mit Knobelius! Der muss doch als Erster Knorffsoppe kriegen, damit er wieder gesund wird!“

„Der darf gar keine Knorffsoppe kriegen, weil er bei den Menschen war“, brummelt Knallfred.

„Genau“, röhrt Knalli. „Eiserne Knorffregel! Das will ich nicht sehen, dass so einer Knorffsoppe isst!“

„Das wollen wir nicht sehen! Das wollen wir nicht sehen!“

„Aber was hinter unserem Rücken passiert“, sagt Knoppel und zwinkert Herrn Knorff zu, „das *können* wir natürlich auch nicht sehen.“

Die Knorffe bilden einen Halbkreis um den Soppenkessel. Und ganz langsam, einer nach dem anderen, drehen sie sich um, sodass sie mit dem Rücken zum Kessel stehen, und schauen in die Luft. Knalli scharrt mit den Füßen im Boden, Knoppel kratzt sich seinen fetten Bauch, Knallfred summt das Knorfflied. Und allmählich fangen alle an, langsam und leise mitzusummen.

Als die Knorffe sich nach einiger Zeit wieder umdrehen, steht Herr Knorff neben dem Soppenkessel und hält einen leergegessenen Teller in der Hand. Seine grünen Punkte sind verschwunden. Er strahlt so sehr, dass seine Augen fast ganz in den Knorffbäckchen verschwinden.

Otto würde ihn am liebsten vor Freude umarmen, aber das ist zu peinlich, jetzt, wo alle zuschauen. So knufft er Knobelius nur ein bisschen in den Arm. „Ey, Kumpel, bin ich froh, dass du wieder gesund bist!“
Herr Knorff strahlt zu Otto hinauf. „Und ich erst! Allerverbindlichsten Dank, lieber Otto, für deine Hilfe!“
„Und für deine erst“, sagt Otto und zeigt auf den Hund,

der am Rand des Festplatzes eingeschlafen ist und leise schnarcht.

„So“, sagt Knallfred und haut mit seiner Faust in die Handfläche seiner anderen Hand. „Knorffsoppe hat er nicht gekriegt, der Nieselpriem, jedenfalls haben wir nichts davon gesehen.“ Die Knorffe nicken. „Aber Knorffkloppe, die kriegt er jetzt schon, oder? Schließlich war er bei den Menschen!“

„Bei dir knorfft's wohl nicht richtig!“, schreit Knalli. „Wenn er nicht bei den Menschen gewesen wäre, hätte er Otto nicht hergebracht! Und dann wären wir jetzt schon alle bei dem Ungeheuer im Bauch! Den können wir doch nicht verkloppen!“

„Aber die Regeln!“, ruft jemand. „Die Regeln, wenn ich bitten darf!“ Es ist Herr Knorff. Otto kann es nicht fassen.

„Du hast selbst gesagt, die Regeln können dich mal!“

„Ja, aber jetzt ist kein Notfall mehr, ich bin gesund, da müssen die Regeln wieder eingehalten werden.“

„Blöde Kackregeln!“, ruft Otto.

„Blöde Kackregeln, da hat er Recht“, murmeln die Knorffe.

„Nein, bitte, ich muss darauf bestehen!", sagt Herr Knorff. „Die Regeln sind die Regeln sind die Regeln!"
„Na gut, wenn du unbedingt willst", brummt Knoppel.
Die Knorffe scharen sich um Herrn Knorff. „Er war bei den Menschen!", brüllt Knalli. „Auf ihn mit Gebrüll!"
Die Knorffe stürzen sich auf Herrn Knorff. Otto hält den Atem an.
Knoppel berührt Herrn Knorff zart am Arm. Knispel zupft ihn vorsichtig an den Haaren. Knallfred tippt ihn behutsam an den Hut. Knalli streift mit den Fingern seine Wange. Und so geht es weiter, bis alle Herrn Knorff einmal ganz sanft berührt haben.
„Dem haben wir's aber richtig gegeben!", röhrt Knalli.
Die Knorffe nicken zufrieden und grinsen Herrn Knorff an. Herr Knorff lächelt verschmitzt zurück.
„Du darfst gerne wieder für immer hierbleiben, wenn du willst", sagt Knoppel. Otto erschrickt. Wenn Herr Knorff jetzt wirklich in Knorffien bleibt!
Herr Knorff verbeugt sich. „Verbindlichsten Dank, lieber Knoppel. Aber das geht nicht. Leider! Otto hat nächsten Sonntag ein Fußballturnier und ich muss ihm noch mal die Regel mit der Abseite erklären."

Otto atmet erleichtert auf.

Die Knorffe verstehen nicht genau, wovon Herr Knorff spricht, das merkt man. Aber sie verstehen, dass er nicht in Knorffien bleiben kann.

Doch bevor es Zeit wird, sich zu verabschieden, singen die Knorffe noch ein Lied für Otto.

„Otto, unser Knorffheld,
rettete die Knorffwelt.
Pups-Piraten-Panther-Mut
hat der Otto unterm Hut!
Knorffig, knallig, knollig, knackig–
Otto sagt: ›Das Monster pack ich!‹
Otto steht auf, jäää!
Otto haut drauf, jäää!
Monster! Da liegt es!
Otto besiegt es."

Otto wird rot. „Pups-Piraten-Panther-Mut", flüstert er Herrn Knorff zu. „Wenn die wüssten!"

„Doch, doch", flüstert Herr Knorff zurück. „Das kann man schon so sagen, bitte sehr. Mutig sein, wenn man keine Angst hat, das kann jeder. Aber mutig sein, wenn man Angst hat – das kann eben nur jemand mit Pups-Piraten-Panther-Mut."

**„Otto, unser Knorffheld,
rettete die Knorffwelt!"**

singen die Knorffe wieder.

„Du musst unser Ehrenknorff sein!", ruft Knispel.

„Genau", brüllen die anderen. „Ehrenknorff! Ehrenknorff!"

„Ich bin dagegen!", schreit Knalli. „Der kann nicht Ehrenknorff sein, der ist doch ein Mensch!"

„Aber dafür kann er nichts!", piepst Knispel. „Das kann jedem passieren, dass er ein Mensch ist! Für einen Menschen ist er echt knorffig!"

„Und er hat uns gerettet!", röhrt Knallfred. „Er hat das Monster gezähmt!" Knallfred wirft einen misstrauischen Blick auf den Hund, der immer noch friedlich schläft. In aller Eile basteln die Knorffe für Otto eine Krone aus grünen Blättern und Pupsbeeren und setzen sie ihm auf. Otto weiß gar nicht, was er sagen soll. Schließlich verbeugt er sich, wie Herr Knorff das immer tut. „Es-es-es ist mir eine Ehre“, bringt er hervor.

Knalli verdreht die Augen und schüttelt den Kopf. „Die Menschen quasseln aber auch zu blödes Zeug!“, brummt er.

„Aber jetzt ist er auch ein bisschen ein Knorff“, sagt Knispel. „Hier, Otto! Eine extragroße Portion Knorff-soppe für dich! Wir haben alle noch mal in deinen Teller

gespuckt und jeder hat noch einen Popel reingetan. Das gibt einen pikanten Geschmack! Guten Appetit!“

Otto wird blass. Er hat das Gefühl, dass sein Magen sich anhebt und aus seinem Mund herausspringen will.

„Äh“, stammelt er. „Das, das, das ist wirklich furchtbar nett, aber, äh, ähm …“ Otto dreht verzweifelt an seiner Krone. Eine Pupsbeere fällt – pitsch! – in den Soppenteller.

Herr Knorff verbeugt sich. „Was mein Otto sagen möchte, ist Folgendes: Er möchte als Zeichen seiner Freundschaft für das Volk der Knorffe diese besondere Soppenportion der Allgemeinheit stiften. Mit einer Pupsbeere aus seiner Krone. Eine edle Geste, lieber Otto, wenn ich mir die Bemerkung erlauben darf!“

„Ach“, wehrt Otto ab, „das tue ich doch gerne!“
„Jäää!“, jubeln die Knorffe. „So muss ein Ehrenknorff sein! Auf dein Wohl, Otto!“
Und schneller, als man „Knorffsoppe“ sagen kann, haben sie den Teller leergeputzt.
Dann begleiten sie Otto, Herrn Knorff und den Hund zur Dunkelschlucht. Sie singen abwechselnd das Knorfflied und das Ottolied. Otto und Herr Knorff winken zum Abschied.
Otto nimmt Herrn Knorff an die eine Hand, mit der anderen Hand hält er den Hund am Halsband fest.
Das Letzte, was er hört, bevor sie in die samtige Schwärze der Dunkelschlucht springen, sind die Stimmen der Knorffe. „Auf Wiederknorffen, Otto!“, rufen alle durcheinander. „Auf Wiederknorffen, Knobelius! Kommt bald wieder!“

Andrea Schomburg ist in Kairo geboren und im Rheinland aufgewachsen. Schon als Kind wollte sie Schriftstellerin werden, hat dann aber zunächst als Gymnasiallehrerin, Lyrikerin und Kabarettistin gearbeitet, bis das Schreiben für Kinder allmählich doch zu ihrem Hauptberuf wurde. Andrea Schomburg schreibt in Hamburg und Berlin, in Arbeitszimmern, die immer etwas knorffig aussehen.

Stefanie Reich, 1984 geboren, studierte Visuelle Kommunikation an der Bauhaus-Universität in Weimar. Sie lebt und arbeitet als freie Illustratorin in Leipzig, wo ihr Knobelius Knorff auch gerne mal über die Schulter schaut.

Andrea Schomburg / Stefanie Reich

Otto und der kleine Herr Knorff

88 Seiten, ISBN 978-3-570-17375-6

Für Knobelius Knorff geht ein großer Traum in Erfüllung. Denn er wird das wilde Knorffien verlassen, um in der Menschenwelt sein Glück zu suchen. Dort, so hofft er, riecht es wie in seiner Höhle nach Seife und Blumen. Dort gibt es keine Knorffe, die den ganzen Tag verschnarchen und nichts als Unordnung im Sinn haben. Doch als Herr Knorff in der Menschenwelt ankommt, traut er seinen Augen nicht: Das soll sein neues Zuhause sein? Bei Otto geht es ja schlimmer zu als in Knorffien!

www.cbj-verlag.de

8367